LA
VIOLETTE
DE
LOUVENCOURT.

DUNKERQUE

Imprimerie Lorenzo, rue Nationale, 9.

1860

AUX ENFANTS DE MARIE

DE

LOUVENCOURT.

La timide violette qui si longtemps avait fleuri à l'ombre du tabernacle, dont les plus doux parfums avaient été pour Jésus et Marie, notre violette à nous, enfin, enfants de Louvencourt, vient de se faner, mais son suave parfum nous embaume encore........ Notre ange, notre sœur en Marie, vient de quitter un monde qui ne méritait pas de la posséder, et s'est envolée vers le Ciel, sa véritable patrie où une mère bien tendre, la douce Marie, la reine des anges et des cœurs purs, lui tendait les bras, et se préparait à déposer sur son front la couronne d'immortalité que ses vertus lui avaient méritée.

A vous, enfants de Marie élevées à Louvencourt, à vous je dédie ces quelques lignes où je m'efforcerai de retracer les vertus de notre chère compagne; nous sommes toutes appelées à marcher sur ses traces; car, qu'est-ce qui lui a mérité le Ciel? Elle n'a pas fait de choses éclatantes et merveilleuses, mais son dévouement de tous les jours, de tous les instants, ses combats intérieurs et pour ainsi dire continuels, pour avoir été presque inaperçus des hommes, n'ont pas échappé à l'œil de Dieu qui, avec bonheur, assistait à ces luttes dont si souvent elle sortait victorieuse, à Marie, sa tendre mère et sa patronne dont elle avait fait sa principale étude, et lorsque son âme a pris l'essor pour un monde meilleur, elle a sans doute été reçue favorablement au Ciel où ses efforts persévérants lui avaient mérité une place.

Que son exemple nous anime, que la vue de la récompense nous encourage; tâchons, nous toutes enfants de Marie, de bien comprendre notre titre: toute notre perfection est là; et que notre souhait le plus cher, notre vœu le plus ardent, le but de tous nos efforts soit d'être autant de fleurs destinées à embellir un jour là-haut, la couronne de notre mère.

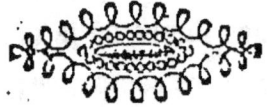

LA VIOLETTE

DE

Louvencourt.

═

Marie R*** naquit en 1842 d'une famille éminemment chrétienne. Je n'essaierai pas de décrire la joie que la naissance de cette enfant si désirée procura à ses parents. Bien des rêves, sans doute, furent formés par son père, par sa tendre mère auprès de son berceau, sa mère surtout la voyait grandir, devenir sa joie, son appui, sa consolation, et par son amour et sa tendresse la dédommager amplement des soins qu'elle lui aurait coûtés. Ne sont-ce pas là les rêves d'une mère près du berceau de sa fille?.... Marie sembla d'abord combler ses vœux, réaliser ses espérances : elle grandit douce et bonne, aimante et dévouée, ne vivant que pour ses parents ; l'avenir se montrait riant à son heureuse mère, mais, hélas ! la mort, qui n'épargne personne, qui de sa faulx meurtrière moissonne les petits épis comme les grands, qui frappe indistinctement à droite, à gauche, qui tranche le fil de la vie au berceau comme à la fin d'une longue carrière, la cruelle mort la convoitait, et les anges du Ciel attendaient avec impatience le moment où Dieu leur rendrait leur sœur dont la terre n'était pas digne. La Ste-Vierge Marie tendait aussi les bras à cette petite enfant qu'une mère vraiment chrétienne lui avait consacrée dans son berceau. La vie est glissante, les sentiers en sont difficiles; on tremble à chaque instant de tomber et d'anéantir la fleur de l'innocence que l'on porte dans uu vase fragile : la Vierge Immaculée n'a pas voulu que son enfant goûtât à la coupe enchanteresse des plaisirs; à cette frêle enfant dans le berceau une autre coupe était réservée, la coupe de la souffrance qu'elle devait boire jusqu'à la lie........ Oh ! quel bonheur ce devait être pour son ange gardien de la voir toute petite encore montrer de si heureuses dispositions à la piété et balbutier, les mains jointes, les doux noms de Jésus et de Marie! A 4 ou 5 ans, cet âge où les enfants aiment tant les jeux bruyants, Marie aimait à s'amuser tranquillement assise auprès de sa mère, à qui elle demandait ordinairement une histoire qu'elle écoutait attentivement. « Ah ! mère, disait-elle alors, je m'amuse bien mieux près de toi que si j'avais joué et fait bien du tapage. »

Lorsqu'elle eut 6 ans, ses parents la placèrent chez les Dames des Sacrés-Cœurs, dites de Louvencourt, qui venaient de s'établir à Dunkerque, ils ne pouvaient confier la riche nature de leur enfant à de plus habiles mains qu'à celles de ces mères dévouées, qui ne travaillent que pour le Ciel et qui dépensent leur temps, leurs forces, leur vie pour chacune de leurs élèves, qui les paient de retour par une affection toute filiale.

Marie se fit bientôt remarquer par sa bonne conduite et fut admise dans l'Association de la Ste-Enfance, dont le but est de proposer pour modèle aux plus jeunes élèves du pensionnat la vie cachée du St-Enfant Jésus. Il était soumis à Marie et à Joseph, nous dit de lui l'Évangile, et quelle autre vertu faut-il à cet âge si ce n'est l'obéissance, car l'obéissance embrasse tout. Peu de temps après, Marie fut décorée du ruban de sagesse, marque non équivoque de la satisfaction qu'elle procurait à ses bonnes maîtresses. Elle avait beaucoup d'intelligence et saisissait très-vite les leçons qui lui étaient données, mais ce en quoi elle a toujours le mieux réussi, c'est dans les compositions d'instruction religieuse ; et lorsqu'elle fut arrivée dans les premières classes, elle faisait des résumés vraiment remarquables : on sentait en les lisant qu'ils partaient d'un cœur à qui Dieu se communiquait parce qu'il le trouvait pur, simple, droit et bien disposé. Par sa sagesse et son application Marie avait acquis un grand empire sur ses petites compagnes ; lorsqu'elles causaient en classe sans la permission de la maîtresse, un mot, un signe de Marie les faisaient taire.

« Tu dis que tu aimes Mme S^{te} M***, disait-elle un jour à une de ses petites compagnes qui se distinguait par sa turbulence et son étourderie, tu dis que tu l'aimes et sans cesse tu la fatigues en l'obligeant à te gronder; je t'avoue, ma chère, que tu entends singulièrement l'affection; si j'étais à ta place, je m'y prendrais tout autrement: je tâcherais par ma bonne conduite et mon application constante de lui faire plaisir, et alors tu n'aurais pas besoin de l'accabler, comme tu le fais sans cesse, de protestations d'amitié, tes actions parleraient un langage bien plus significatif. Voilà ce que savait à l'occasion dire à ses compagnes notre chère Marie; elle s'y prenait toujours si doucement que jamais elle ne les fâchait; au contraire, elle leur inspirait le goût du bien et de la vertu.

Mais lorsque Marie fut arrivée dans la 5e classe, son caractère changea totalement: un grand penchant à la causticité et au murmure se développa en elle; comme elle était très-spirituelle, ses railleries faisaient souvent rire ses compagnes et lui valaient bien des compliments, mais parfois ce n'était qu'aux dépens de la charité. Nos mères, justement alarmées, mirent tous leurs soins à couper ce défaut dans sa racine : elles donnèrent de sages conseils à Marie qui, de son côté, promit de les suivre ; mais malgré ses belles promesses et ses magnifiques résolutions, le naturel l'emportait, et rarement Marie laissait passer l'occasion de dire un bon mot. Lorsqu'elle avait, par quelques paroles mordantes, fait de la peine à une de ses compagnes, elle n'avait pas de repos avant qu'elle ne lui eût demandé pardon.

« Il faut bien me pardonner, disait-
» elle quelquefois, car je parle sans
» réfléchir ; ce que je dis de méchant
» dans ces malheureux moments, at-
» tribuez-le à ma mauvaise tête, et
» soyez sûres que mon cœur dément
» ces paroles piquantes qui vous con-
» tristent si souvent. »

Un jour solennel approchait pour

Marie, celui de sa première communion. Depuis bien longtemps elle y songeait et s'y préparait; ses efforts furent récompensés, car elle changea à son avantage et perdit beaucoup de cet esprit de critique qui ternissait toutes ses bonnes qualités.

« Que faut-il que je fasse, disait Marie à une de nos mères quelque temps avant sa première communion, que faut-il que je fasse pour rendre mon cœur moins indigne de la visite de son Dieu? Chère Marie, lui fut-il répondu, travaillez à vous vaincre, à devenir douce et bonne, et sachez à l'occasion sacrifier une parole spirituelle, mais mordante et satirique, à un Dieu qui vous a sacrifié tout son sang, et qui dans peu de temps viendra chercher ses délices dans votre cœur. » Et Marie se mettait à l'œuvre, elle ne se rebutait d'aucun obstacle et avait pris pour devise: tout pour ma première communion. Elle inscrivait tous les jours les victoires qu'elle avait remportées et aussi les revers qu'elle

avait essuyés sur son malheureux défaut. « Je suis bien mécontente de moi,
disait-elle quelquefois en présence de
ses compagnes réunies pour les ins-
tructions préparatoires à la première
communion ; je suis une lâche, mes-
demoiselles, je ne sais pas me vaincre :
la page où j'inscris mes victoires est
presque blanche, et celle où je marque
mes défaites, ah! c'est tout autre chose »

Marie fut, des douze enfants qui
cette année-là reçurent leur Dieu pour
la première fois, celle qui répondit le
mieux aux questions qui leur furent
adressées sur l'instruction religieuse :
je l'ai déjà dit, c'était l'étude de pré-
dilection de notre chère Marie. La
première communion fut précédée
d'une retraite de trois jours, que Marie passa comme un ange; en la voy-
ant si modeste, si recueillie à l'extérieur, on pouvait juger de ce que devait être son cœur, ce cœur que sans
doute le divin époux des âmes préparait lui-même à sa venue. Le soir de
la veille du grand jour, après avoir

reçu l'absolution entière de ses fautes,
Marie alla se jeter aux pieds de ses
parents, qui pleuraient de tendresse
et de bonheur et, avec larmes, leur de-
manda pardon des peines qu'elle leur
avait causées. Heureux les parents qui
n'ont pas plus à pardonner!... Marie
voulut aussi, au nom de toutes ses
compagnes, qui allaient partager son
bonheur, demander pardon à ses maîtresses, puis au pensionnat réuni des
sujets de mauvaise édification qu'elle
nous avait donnés. La nuit qui pré-
céda ce grand jour, Marie ne put pour
ainsi dire se livrer au sommeil : « Je
dormirais, disait-elle, et mon Jésus
pense à moi ; il songe à me rendre
heureuse demain ; non, je ne puis
m'empêcher de le louer, de le remer-
cier et de le bénir ! »

Enfin il se leva radieux et parfumé
le grand jour de la première communion de Marie ; c'était un jour du plus
beau mois de l'année, de ce mois de
Mai, qui nous apporte le printemps
et les fleurs, ce mois consacré à la

Reine des Anges, à la douce et bonne Vierge Marie. Sans doute le bon maître favorisa Marie de bien des délices, car d'abondantes larmes trahirent son émotion, et son air angélique après la sainte communion montrait assez la paix et la félicité que goûtait son cœur. Après la messe, Marie alla trouver ses parents et se jeta dans leurs bras en pleurant de bonheur. « J'ai prié pour vous, leur dit-elle, j'ai parlé au bon Dieu de tous ceux que j'aime. Ah! maman, que je suis heureuse! j'ai le Ciel dans mon cœur: si j'avais su ce que c'est que la grâce de la première communion, si j'avais su ce que l'on ressent en ce grand jour, je m'y serais bien mieux disposée. » Marie avait raison: il n'est pas de sacrifice qu'on ne doive faire en préparation à une communion, car c'est le plus grand bonheur qu'il soit donné à l'homme de goûter sur cette terre. La communion, c'est la vie de l'âme, c'est le pain céleste et divin qui soutient l'homme dans son pélérinage sur cette terre. Ceux qui sont faibles et malades, qui font souvent malgré eux de déplorables chutes, ceux que la tristesse accable, que l'espérance abandonne, qui sont tentés de maudire la vie, ah! qu'ils s'approchent du banquet divin, qu'ils s'agenouillent à la table sainte, et ils se lèveront consolés, fortifiés, encouragés, et ils remettront avec plus de vigueur sur leurs épaules fatiguées le lourd fardeau des misères humaines, triste héritage des enfants d'Adam.

Le soir eut lieu la cérémonie si touchante de la rénovation des vœux du baptême: avec quelle sincérité Marie déclara à haute voix vouloir s'attacher à J.-C., renoncer au démon, à ses pompes et à ses œuvres, et préférer plutôt la mort que de commettre un seul péché mortel! Ah! ces serments faits sur l'Évangile, écrits par les anges dans le livre de vie, Marie ne les a jamais transgressés: toujours elle s'est attachée à J.-C., a méprisé le monde et ses plaisirs, haï le démon et fui constamment les fautes mêmes les plus légères. Avec quel bonheur aussi, au déclin de ce grand jour, Marie ne se consacra-t-elle pas à la Très-Sainte-Vierge; elle lui donna son cœur, la supplia de le lui garder chaste et pur et de le lui rendre sans tache lorsque son Fils viendrait la juger; et Marie, douce et clémente, a entendu la demande simple et touchante de celle qui l'aimait si tendrement, et lui a donné asile dans son cœur immaculé. Quelque temps après sa première communion, Marie, par les efforts inouïs qu'elle fit sur son caractère, mérita d'être reçue dans l'Association de Saint-Louis de Gonzague; elle comprit que l'important était de travailler à imiter les douces et humbles vertus qui ont brillé d'un si vif éclat dans cet aimable saint; elle s'appliqua donc à retracer en elle sa conduite, et Dieu bénit ses efforts puisque comme ce grand saint, elle est morte bien jeune, mais ayant déjà, aux yeux du Seigneur, fourni une longue carrière remplie de bonnes œuvres. Ce fut surtout après sa première communion que Marie se montra l'ange de sa famille, étant plus que jamais bonne et prévenante pour ses frères et sœurs ; elle était pour eux tous comme une mère, leur prodiguant mille soins. « Repose-toi, maman, disait-elle quelquefois le soir à sa mère, je présiderai au coucher de mes sœurs. » Et Marie, après leur avoir fait dire leurs prières du soir, les arrangeait dans leurs petits lits, et les quittait, après avoir déposé sur leur front un doux baiser. Son frère avait en elle une confiance illimitée ; lorsqu'il revenait du collége, Marie lui demandait des détails sur tout ce qu'il avait fait dans la journée, sur sa conduite, sur ses études, et lui disait toujours quelques bonnes paroles qui renfermaient de sages avis. Elle se préoccupait beaucoup de la première communion de ce frère bien-aimé. « Monsieur, disait-elle au supérieur du collége, croyez-vous que mon frère comprenne bien la grandeur de l'action à laquelle il se prépare ? N'est-il pas trop jeune, trop étourdi ? » On la tran-

quillisait à ce sujet, et Marie se mettait à l'œuvre pour préparer ce jeune
cœur; elle lui parlait d'après sa pro-
pre expérience du bonheur que l'on
goûte lorsque dans un cœur bien disposé, on reçoit son Dieu pour la première fois. Elle mérita par sa bonne
conduite d'être reçue dans la congrégation des saints anges; et peu après
son penchant au murmure revenant,
nos bonnes mères lui dirent que si
elle parvenait à terrasser ce Goliath,
elle pourrait espérer d'entrer dans
l'association des enfants de Marie. Ah !
qui pourrait nous dire les efforts que
fit notre chère compagne pour arriver à ce but ! Nous avons suivi les
progrès qu'elle a faits dans la douceur
et la patience, mais sa grande modes-
tie nous a dérobé bien des sujets d'é-
dification : Dieu, la Ste-Vierge, et son
bon ange gardien virent seuls ses
combats, ses luttes, ses victoires.
Elle avait pris pour devise cette maxi-
me si parfaite : s'humilier de tout et
ne se décourager de rien. Ah ! que
cette chère sœur s'est fait violence

pour obtenir la paix du Ciel; mais aussi elle lui est acquise, car le bon maître l'a dit dans l'Évangile: « Le royaume des cieux souffre violence, il n'y a que les violents qui l'emportent. »

Le changement subit qui s'opéra dans le caractère de Marie lorsqu'elle entra dans la troisième classe est vraiment remarquable; dès ce moment elle marcha à pas de géant dans la route du bien. Marie, à cette époque, grandit trop vite, et elle tomba dans un état de langueur qu'elle supporta on peut dire héroïquement; car ses souffrances étaient continuelles. Son entier oubli d'elle-même dans les moments où elle était le plus abattue, nous remplissait d'admiration. « J'ai un commencement de migraine, disait-elle une fois à une de ses compagnes, mais je vais faire semblant de ne pas m'en apercevoir; je travaillerai comme si je ne sentais rien, et peut-être serai-je quitte du reste. »

Une de ses maîtresses, lui parlant

en particulier, lui dit une fois qu'elle murmurait et critiquait encore de temps en temps, et que tant qu'elle aurait ce défaut, elle ne devait pas espérer le beau titre d'enfant de Marie; à cette pénible déclaration notre Marie pleura beaucoup, ne s'excusa pas, ne parla pas des si grands efforts qu'elle avait déjà faits; elle offrit intérieurement ce sacrifice au bon Dieu; mais en rentrant chez elle, elle eut un violent accès de fièvre et fut obligée de se mettre au lit. Voilà jusqu'où allait l'amour de notre chère sœur pour cette congrégation qui devait la posséder si peu de temps sur la terre.

Enfin ses efforts constants furent récompensés, et on la reçut dans l'association de la Ste-Vierge : qui pourrait dire la joie qu'elle en ressentit! « Bonne mère, s'écria-t-elle dans l'excès de son bonheur, ma plus douce étude sera de reproduire en moi vos vertus. » Pendant les vacances et les congés de faveur accordés dans l'année, Marie, souvent invitée par ses

compagnes à des parties de plaisir ou
à de petites soirées, trouvait toujours
un prétexte pour ne pas s'y rendre.
« Le monde, disait-elle à sa mère, je
l'ai en horreur ; je n'éprouve que du
dégoût pour ses plaisirs et tout ce que
ses fêtes peuvent offrir de plus sédui-
sant. Veux-tu, mère, savoir ce qui me
rend heureuse, veux-tu que je t'avoue
mon plus grand bonheur ? C'est de
faire quelquefois une promenade avec
toi, c'est de travailler près de toi ;
jamais je n'ambitionnerai d'autres jou-
issances. » Combien peu de jeunes
filles pensent ainsi ! Mais Marie avait
un jugement plus qu'ordinaire; elle
réfléchissait beaucoup ; et ce qui est
bien rare à son âge, elle ne se faisait
aucune illusion sur la vie, et estimait
les choses à leur juste valeur. Que
Marie était exemplaire dans le pensionnat ! Quelle exactitude au règle-
ment ! « Rien, disait-elle souvent,
rien n'est petit quand il s'agit d'obéissance. » Personne n'était aussi hum-
ble que Marie : elle eut toujours de
brillants succès dans ses études, ja-

mais elle n'en parut fière. « Que mes parents seront contents! » disait-elle, c'est tout ce qu'elle désirait, c'était la seule récompense qu'elle ambitionnât. Plusieurs de ses compagnes la nommaient tout bas la violette de Louvencourt, et nous sommes heureuses de lui ratifier ce beau titre, maintenant que son humilité n'en sera pas blessée. Il serait impossible d'exprimer quel était le bonheur de notre chère sœur lorsqu'elle prenait part aux cérémonies que les enfants de Marie ont coutume de faire à la chapelle du couvent aux fêtes de la Ste-Vierge: lorsqu'elle allait, vêtue de blanc, couronner l'image de notre bonne mère élevée sur un piédestal de fleurs, tout son extérieur était angélique. Ah! sans doute Marie, qui ne se laisse pas vaincre en générosité, sera venue, au lit de mort de son enfant, donner un diadème de gloire et d'immortalité à celle qui était venue si souvent déposer sur sa tête une couronne, et à ses pieds son cœur. Les fleurs de la terre, éphémères et périssables, la reine des vierges les aura recueillies, et les anges dans le Ciel en ont tressé une couronne à leur nouvelle sœur.

Vers la fin de l'année scolaire 1858, Marie devint si souffrante que les médecins conseillèrent à ses parents de lui interdire tout travail d'esprit, de lui faire cesser ses études, notre chère compagne ressentit bien de la peine à cette décision; elle y obéit, mais elle souffrait beaucoup de cette obéissance; ses parents, remarquant sa tristesse, en parlèrent aux médecins qui conseillèrent surtout de lui éviter toute contrariété, ajoutant que si elle préférait, malgré son état de souffrance, continuer à étudier, il fallait la laisser faire; mais modérer son courage et son activité. Elle se remit à ses devoirs, et travailla avec ardeur jusqu'à la distribution des prix; mais ses forces diminuaient d'autant plus que de violentes peines intérieures étaient venues se joindre aux douleurs physiques; comme je l'ai dit au com-

mencement de cette petite notice, le
divin maître voulait associer Marie à
sa mystérieuse agonie : elle aussi devait boire jusqu'à la lie un calice bien
amer ; elle en était si persuadée, qu'un
jour elle dit à notre bonne mère S^te-A***
qui compâtissait à sa peine : « Madame
il m'est impossible de prier pour la
cessation de mes souffrances ; je sens
que Dieu veut que je souffre, et, puisque tel est son bon plaisir, je le veux
aussi. » Notre bonne mère S^te-A*** nous
a dit qu'elle ne pourrait jamais oublier
l'angélique résignation avec laquelle
Marie prononça ces pieuses paroles.
Un jour cependant, vaincue sans doute
par la tristesse, elle dit à une de nos
bonnes mères : « Ah ! Madame, que la
vie est amère ! maintenant que j'en
connais quelque chose, quel changement
ment s'est opéré dans mes pensées
d'autrefois !... » Cette demi-confidence
révélait en partie les angoisses de son
cœur ; ce fut le seul épanchement
qu'elle se permit jusqu'à sa mort : elle
concentra tout ce qu'elle éprouvait
d'amertume, sans doute, pour ne

chercher d'autre consolation qu'en
Dieu !....

Le jour des prix arrivé, Marie eut
la fièvre toute la matinée; vers midi,
elle se leva, ne put rien prendre, tant
elle souffrait, et voulut, malgré sa
faiblesse, assister à la distribution des
prix; comme toujours, elle y obtint
bien des succès: ce furent les dernières
couronnes qu'elle reçut sur la terre;
du haut du Ciel les anges lui en prépa-
raient une autre bien plus belle et plus
digne d'envie. Après cette cérémonie,
Marie fut obligée de se mettre au lit,
car l'émotion, la faiblesse, la souffrance la rendaient bien malade. Elle
eut de tristes vacances, notre chère
sœur; mais Dieu lui réservait dans le
Ciel des plaisirs mille fois plus doux
et plus désirables que ceux qu'elle aurait pu goûter ici-bas. Pour la distraire
un peu, ses parents la menèrent passer ses vacances à la campagne, espé-
rant rendre un peu de gaîté et de vie
à leur fille tant aimée. En y arrivant,
Marie ressentit un peu de mieux qui,

hélas! ne dura pas longtemps; elle allait d'abord se promener le matin, puis, vers midi, elle était obligée de se mettre au lit jusqu'au soir; le mieux alla toujours en décroissant : la fièvre la prit à 11 heures d'abord, puis à 10, à 9, et bientôt ce furent des tortures continuelles qu'eut à subir notre chère Marie; et au milieu de tous ces tourments toujours tant de patience, de courage et de résignation! Elle s'oubliait pour ne penser qu'aux autres. « Je te donne bien du mal, disait-elle à sa bonne mère, je te demande bien des soins, bien des attentions, mais quand je serai guérie, ah! je te rendrai tout cela, maman, en t'aimant encore plus, et en me dévouant pour toi. » Et sa mère ne répondait à ces paroles qu'en la pressant en pleurant sur son cœur. Après les vacances, Marie revint avec ses parents à Dunkerque, et continua à y souffrir; ce fut pour elle une peine bien grande de ne pouvoir, comme ses compagnes, rentrer en classe; mais elle offrit cette nouvelle croix au bon maître. Le soir

Marie se trouvait un peu mieux que pendant le reste de la journée; elle en profitait pour venir passer quelques instants dans nos classes, car, nous toutes qui aimions à l'appeler notre amie, nous souhaitions ardemment de la voir. Comme nous la trouvions changée chaque fois qu'elle revenait nous voir! la maladie faisait chaque jour de nouveaux progrès; bientôt elle arriva à un point tel, que Marie ne put plus se lever; alors avec quel empressement ses compagnes demandaient tous les jours des nouvelles de sa santé! que de prières furent faites au Ciel pour sa guérison! Dieu a entendu ces vœux et les a exaucés en donnant à Marie courage et résignation, et à sa mère la force qui lui était nécessaire pour supporter la rude épreuve qu'il lui préparait.

Notre bonne mère S^{te}-A*** alla plusieurs fois voir notre chère Marie durant sa maladie; elle lui disait une fois: « chère enfant, vos mères et vos compagnes s'unissent pour faire une neuvaine à la Sainte-Vierge pour votre guérison, priez le bon Dieu qu'il nous exauce. — Ma guérison !..... reprit Marie avec un doux sourire, vous voulez que je désire ma guérison... et moi je ne veux prier que pour que la sainte volonté de Dieu se fasse en moi, je remets tout entre les mains de ce bon maître, et il fera tourner tout à ma plus grande sanctification. » Monsieur l'aumônier, étant allé la voir, et la trouvant plus mal, lui parla de communier en viatique; Marie fut d'abord péniblement impressionnée à cette pensée; son père lui dit que si elle voulait attendre, elle le pouvait, qu'elle n'était pas en danger, que c'était une mesure de précaution; Marie l'interrompit : « Monsieur l'aumônier a raison, papa, lui dit-elle, je n'ai plus que peu de temps à passer sur la terre, la visite du bon Dieu me fera du bien.... » Elle se confessa et communia avec une ferveur qui édifia tous ceux qui la virent. Dans les plus tristes moments de sa maladie, Marie trouvait dans son cœur si aimant et si dévoué la force qui lui était nécessaire pour consoler sa mère. « Je serai plus heureuse au Ciel, lui disait-elle ; ne pleure pas, maman, tes larmes me font mal ; quand je serai morte, prie bien pour moi ; moi, je ne t'oublierai pas quand je serai auprès du bon Dieu. » Marie, pendant les trois mois qu'elle ne put quitter le lit, ne proféra pas une seule plainte ; toujours, au contraire, des paroles de douceur et de consolation sortirent de sa bouche ; pendant le dernier mois qu'elle passa sur cette terre, elle endura des souffrances inouïes : elle était obligée de rester dans son lit dans la même position, ce qui ne faisait qu'une plaie de son côté. « Comment oserais-je me plaindre, disait-elle alors ; je suis bien privilégiée : je suis sur la croix avec Notre Seigneur ; puissé-je mériter le sort du bon larron ! » Et nous, les compagnes de Marie, nous nous écrions puissions-nous être aussi heureuses qu'elle, et mourir comme elle de la mort des justes ! Marie reçut quelques instants avant sa mort le saint viatique et l'extrême-onction, puis elle entra dans une sorte d'extase et s'éteignit doucement dans les bras de notre bien-aimée mère S^{te}-A***, qui revint au milieu de nous tout édifiée et consolée d'une si sainte mort.

Ce fut le 30 Décembre 1858, à 7 heures du soir, que notre ange s'envola vers un monde meilleur!....

Le lendemain, que de larmes furent versées! quelle fut notre douleur à cette nouvelle si affligeante! quelle triste fin d'année pour nous! perdre ainsi une sœur, une compagne chérie, et si jeune, à 16 ans! Et sa mère, ah! je ne parlerai pas de sa douleur : ceux qui ont quelque intelligence des trésors d'amour que renferme un cœur de mère, comprendront ce qu'elle souffrit de sentir inanimé et froid comme le marbre, le corps de cette enfant si chère qui avait fait pendant sa trop courte existence sa consolation et son orgueil!....

Pour rendre un dernier hommage à leur chère sœur, les enfants de Marie voulurent accompagner sa dépouille mortelle jusque dans sa dernière demeure : elles la suivirent priant, pleurant et enviant son sort. Et moi aussi, je disais à Marie : chère sœur, au même âge que toi, je voudrais avoir mérité d'arriver sitôt au port.

Pendant que sur la terre on priait pour que celui qui voit des ombres dans les vertus les plus parfaites, effaçât dans sa bonté infinie les taches qu'aurait pu laisser sur son âme la poussière de ce monde, Marie, nous n'en doutons pas, avait déjà reçu sa récompense ; elle s'était envolée à la suite de l'agneau sans tache, couronnée des lys de l'innocence, et cette couronne ne se flétrira jamais.

La pensée de Marie et de ses vertus ne s'effacera jamais du cœur des élèves de Louvencourt ; elles s'estiment heureuses de conserver un si doux souvenir, et travaillent à retracer dans toute leur conduite sa vie cachée, mais si précieuse aux yeux de Dieu.

Ainsi, même lorsqu'elle est flétrie, la violette de Louvencourt continue à exhaler un doux et suave parfum !....

L. S. Enfant de Marie.

Dunkerque. — Imp. Lorenzo, rue Nationale, 9.